www.ingramcontent.com/pod-product-compliance
Lightning Source LLC
LaVergne TN
LVHW010418070526
838199LV00064B/5344
9789358725926

موت کی وادی

(بچوں کی کہانیاں)

مصنف:
ابرار محسن

© Taemeer Publications LLC

Maut ki Waadi (Kids Stories)
by: Abrar Mohsin
Edition: January '2024
Publisher :
Taemeer Publications LLC (Michigan, USA / Hyderabad, India)

ISBN 978-93-5872-592-6

مصنف یا ناشر کی پیشگی اجازت کے بغیر اس کتاب کا کوئی بھی حصہ کسی بھی شکل میں بشمول ویب سائٹ پر
اَپ لوڈنگ کے لیے استعمال نہ کیا جائے۔ نیز اس کتاب پر کسی بھی قسم کے تنازع کو نمٹانے کا اختیار
صرف حیدرآباد (تلنگانہ) کی عدلیہ کو ہو گا۔

©تعمیر پبلی کیشنز

کتاب	:	**موت کی وادی** (بچوں کی کہانیاں)
مصنف	:	**ابرار محسن**
صنف	:	ادب اطفال
ناشر	:	تعمیر پبلی کیشنز (حیدرآباد، انڈیا)
سالِ اشاعت	:	۲۰۲۴ء
صفحات	:	۴۰
سرورق ڈیزائن	:	تعمیر ویب ڈیزائن

فہرست

(۱)	ستاروں کی گنتی	6
(۲)	پیشین گوئی	9
(۳)	کھومبے کی شکست	12
(۴)	موت کی وادی	16
(۵)	مونچھ کا بال	21
(۶)	نادان بھونرا	26
(۷)	ہرن کے پیٹ میں مشک	33

(۱) ستاروں کی گنتی

فیسی لکڑ بھگا غمگین تھا اور جھلّایا ہوا بھی۔ اس کا مزاج انتہائی خراب تھا۔ اسی لیے اس پر ہر وقت جھلّاہٹ سوار رہتی تھی۔ وہ جنگلی جانوروں سے بہت زیادہ ناراض رہتا تھا۔ کیوں کہ وہ جانتا تھا سب اسے ناپسند کرتے تھے۔ ظاہر ہے اس بدمزاج، بد دماغ اور گندے لکڑ بھگے میں ایسی کون سی بات تھی جو اسے پسند کرتا۔ اس کی جھلّاہٹ خصوصاً اس وقت بہت بڑھ جاتی تھی جب اسے خیال آتا تھا کہ کس طرح خولو نے اسے کئی بار بیوقوف بنا کر کسی نہ کسی مصیبت میں پھنسوایا تھا اور ہر بار بری طرح پٹوایا تھا۔ ایک چھوٹے سے بے حقیقت خرگوش نے! کاش وہ عقل سے اس قدر پیدل نہ ہوتا! اس کی دلی تمنّا تھی کہ وہ عقل مند ہوتا خولو کی طرح! کاش اسے عقل کہیں پڑی مل جاتی تو وہ اسے اپنے جبڑوں میں جکڑ لیتا۔

وہ اس قدر جھلّایا ہوا تھا کہ چلتے چلتے جنگلی بھینسے کو منہ چڑا دیا، چیتے کو برا بھلا کہا، ہاتھی کو کوسا اور گدھے کی ٹانگ پر کاٹا۔ گدھے نے فوراً دولتی جھاڑ دی۔ فیسی ہوا میں قلابازیاں کھاتا ہوا دھڑام سے دور جا گرا اور دور ہی سے گدھے کو خطرناک قسم کی دھمکیاں دینے لگا۔

جلا بھُنا آگے بڑھا۔ رات ہو چکی تھی۔ اچانک وہ ٹھٹھک کر رک گیا اور آنکھیں پھاڑ کے حیرت سے دیکھنے لگا۔ خولو خرگوش بیچ راستے میں بیٹھا آسمان کی طرف غور سے دیکھتے ہوئے بڑبڑا رہا تھا، "پچاس لاکھ، دس ہزار تین سو دو، پچاس لاکھ، دس ہزار تین سو تین۔"

عجیب بات یہ تھی کہ خولو اسے دیکھ کر بھی نہیں بھاگا۔ اس نے پنجوں سے زمین کھُرچی اور غرایا۔ غرض ہر طرح سے خولو کو اپنی موجودگی سے آگاہ کیا، مگر خولو اسی طرح منہ اوپر اٹھائے تارے گننے میں مشغول رہا۔ فیسی نے دل میں سوچا کہ آخر یہ کیا کر رہا ہے؟ میں چھپ کر دیکھتا ہوں۔ خولو اسی انداز میں گنتا رہا۔

"پچاس لاکھ، دس ہزار تین سو چار۔۔۔۔۔"

اب فیسی اور زیادہ صبر نہیں کر سکتا تھا۔

اس نے نزدیک آکر پوچھا، "یہ کیا کر رہے ہو خولو؟"

خولو نے اگلا پنجہ اٹھا کر اسے خاموش رہنے کا اشارہ کیا اور گنتا رہا۔

"پچاس لاکھ، دس ہزار تین سو چھے۔۔۔۔۔"

فیسی اور پاس آگیا اور بولا، "خولو! خولو! یہ کیا گن رہے ہو؟"

خولو نے جھڑک کر کہا، "چھپ رہو بیوقوف! دیکھتے نہیں، میں عقلمند بن رہا ہوں؟"

فیسی کا مارے تجسس سے برا حال تھا، "عقل مند بن رہے ہو! وہ کیسے؟"

خولو نے بڑے غصّے سے اپنا پنجہ جھٹک کر جواب دیا، "ارے جاؤ اپنا کام کرو۔"

فیسی گھگیایا، "بتاؤ نا اے خولو! آخر کس طرح عقلمند بن رہے ہو؟"

"اوہو!" خولو نے عاجز آکر کہا، "میں ستارے گن رہا ہوں۔ صبح ہونے سے پہلے ہی گنتی ختم کرنی ہے اور پھر میں دنیا میں سب سے زیادہ عقلمند ہو جاؤں گا۔"

فیسی گڑگڑایا، "خولو! میں بھی گنوں تارے؟ مجھے بھی عقلمند بننا ہے۔"

خولو نے جواب دیا، "ایک وقت میں صرف ایک ہی گن سکتا ہے۔ تم پھر کبھی گن لینا۔ اس وقت مجھے گننے دو۔"

فیسی خوشامد پر اتر آیا، "میرے اچھے دوست! تم بعد میں گن لینا۔ آج کی رات مجھے

گننے دو۔"

خولو بولا، "ٹھیک ہے، تم ہی گن لو۔ مگر خبردار! گننے میں غلطی نہ ہو اور صبح ہونے سے پہلے تمام تارے گن لینا۔ ورنہ پاگل ہو کر درختوں سے سر ٹکراتے پھروگے۔"

خولو آہستہ آہستہ چلتا ہوا جھاڑیوں میں چلا گیا۔

دراصل خولو کی ٹانگ میں موچ آ گئی تھی۔ وہ دوڑ نہیں سکتا تھا۔ اسی وقت فیسی سامنے سے آ گیا۔ بس اسے تاروں والی ترکیب سوجھ گئی، ورنہ فیسی اسے کھا ہی جاتا۔

تمام رات فیسی کی عجیب سی کیفیت رہی۔ وہ گنتا پھر بھول جاتا۔ دانت نکال کر اپنے جسم کو کاٹتا، پھر شروع سے گننا شروع کرتا، پھر بھول جاتا۔ پھر زمین پر لوٹ پوٹ ہوتا اور اپنی ہی بوٹیاں نوچتا۔ اسی دوران صبح ہو گئی۔ فیسی نے مایوسی اور غم سے پاگل ہو کر ایک درخت کے تنے سے سر ٹکرا دیا اور بے ہوش ہو گیا۔

(۲) پیشین گوئی

برے لوگوں سے کسی بھی اچھائی کی امید رکھنا فضول ہے۔ یہی وجہ تھی جو فیسی لکڑ بھگا بری بات کے علاوہ اور کچھ سوچتا ہی نہیں تھا۔ ایک دن اس کے ذہن میں ایک شیطانی خیال آیا کہ کسی طرح جنگل کے جانوروں کو کسی خیالی خوف میں مبتلا کر دے۔ دراصل یہ کوئی انجانا خوف ہی ہوتا ہے جس کی وجہ سے آدمی کبھی ستاروں کی چال دیکھتا ہے، ہاتھ کی لکیریں پڑھواتا ہے اور بہت سے وہموں

کا شکار رہتا ہے اور نجومیوں اور پیشن گوئیاں کرنے والوں کی چاندی ہوتی ہے۔ فیسی نے غالباً کسی انسانی بستی میں جا کر یہ نئی شرارت سیکھی تھی۔ بس جنگل کی آگ کی طرح یہ خبر ہر طرف پھیل گئی کہ فیسی جانوروں کے پنجے دیکھ کر مستقبل کا بتا دیتا ہے۔ خولو خرگوش نے سب کو بہت یقین دلایا کہ فیسی مکار ہے، خوامخواہ بہکا رہا ہے سب کو، مگر کسی نے نہ سنی۔

فیسی ایک درخت کے نیچے بیٹھا تھا۔ اس کے چاروں طرف جانور عقیدت سے دمیں سمیٹے بیٹھے اور اس سے سب درخواست کر رہے تھے کہ وہ ان کے پنجے دیکھ کر قسمت کا حال بتائے اور آنے والے خطروں سے آگاہ کرے۔

فیسی نے بڑے تکبر سے ان سے کہا، "ایک قطار بنا کر آؤ۔ یاد رکھو، میں کوئی فیس نہیں لے رہا ہوں، میرے لیے صرف گوشت کے ٹکڑے لایا کرو، ذائقے دار!"

سب سے پہلے چیتا آگے بڑھا اور اپنا پنجہ اس کی طرف بڑھایا۔

"ہوں!" فیسی نے اسے غور سے دیکھتے ہوئے کہا، "مصیبت سر پر کھڑی ہے۔ آٹھ

دن تک گھاس میں چھپے رہو۔ کہیں مت جاؤ۔"

اگلا جانور لنگور تھا۔ فیسی نے اس کا پنجہ دیکھ کر آگاہ کیا، "جس دن درختوں پر بیٹھو گے بجلی گر جائے گی۔ دس دن تک درختوں سے دور رہو۔"

اب ہاتھی کی باری آئی۔ فیسی نے اس کا لمبا چوڑا پیر دیکھ کر کہا، "پندرہ دن گنّے مت کھاؤ ورنہ پیٹ کا مرض لگ جائے گا۔"

شیر نے ڈرتے ڈرتے اپنا پنجہ دکھایا۔

فیسی نے اسے بتایا، "جہاں پناہ! آپ کے سر پر خطرے کے خوفناک سائے منڈلا رہے ہیں۔ آپ کو چاہیے ایک مہینے تک گوشت سے پرہیز کریں اور صرف پھل کھائیں۔ ہاں اگر آپ کا دل کرے تو کسی جانور کا شکار کر سکتے ہیں مگر اسے کھا نہیں سکتے۔ اسے کوئی لکڑ بھگا کھا لیا کرے گا۔" یہ کہتے ہوئے فیسی نے ہونٹوں پر زبان پھیری۔

دیکھتے ہی دیکھتے جنگل کی حالت بدل گئی۔ چیتا دن بھر گھاس میں چھپا بیٹھا رہتا۔ لنگور زمین پر مارا مارا پھرتا۔ ہاتھی گنّے کو ترستا اور شیر تو فاقے ہی کر رہا تھا۔ وہ پھل کھا ہی نہیں سکتا تھا۔ فیسی نے ان کے دلوں میں خوف بھر کر ان کو چوہوں سے بھی بدتر بنا دیا تھا۔ غیور جانور ڈرے سہمے زندگی سے بیزار رہنے لگے۔ شیر کی حالت سب سے زیادہ خراب تھی۔ وہ ہڈیوں کا پنجر بن کر رہ گیا تھا۔ وہ شکار مارتا تھا، مگر کھانے کی اجازت نہ تھی۔ آخر تمام جانور مل کر خولو خرگوش کے پاس گئے اور اس سے کہا، "ہم کیا کریں خولو؟ اس طرح کیسے زندہ رہیں گے؟"

خولو بولا، "لکڑ بھگے کی بات مانتے ہی کیوں ہو؟ وہ بکواس کرتا ہے۔"

"وہ نجومی ہے اور نجومی سچے ہوتے ہیں۔" جانوروں نے یقین دلانا چاہا۔ خولو نے انہیں سمجھایا کہ یہ سب عقیدے کی کمزوری ہے، مگر جانوروں کی سمجھ میں بات نہ آئی۔

آخر خولو نے کہا،"میں خود فیسی کو دیکھتا ہوں۔"

فیسی جانوروں کے پنجے دیکھ کر انہیں خوب ڈرا رہا تھا۔

"میری باتوں پر توجہ کرو۔ میں آنے والے دنوں کو صاف صاف دیکھ سکتا ہوں۔"

خولو نے اچانک پوچھا،"اپنے بارے میں کیا جانتے ہو؟"

فیسی نے اطمینان سے جواب دیا،"میرا پنجہ یہ بتاتا ہے کہ اگلے ایک برس تک موج کروں گا۔ میرے جسم پر خراش تک نہیں آئے گی۔"

خولو بولا،"مگر میرا پنجہ کہتا ہے کہ میں اسی وقت کسی مکار لکڑ بگھے کی خبر لوں گا۔"

یہ کہہ کر خولو نے فیسی کے سر پر ڈنڈا جڑ دیا۔ فیسی بیہوش ہو کر گر پڑا۔

خولو بولا،"دیکھو اسے! ایک برس کی بات کر رہا تھا مگر اگلے پل کی خبر نہیں تھی۔ اس کی باتوں پر یقین مت کرو۔

جانوروں کی سمجھ میں بات آگئی اور وہ فیسی کے ہوش میں آنے کا انتظار کرنے لگے تاکہ اس کی اچھی مرمت کر سکیں۔

(۳) کھومبے کی شکست

جھرّیوں بھرے چہرے والا بوڑھا جادوگر قبیلے والوں سے بار بار یہی کہتا تھا، "خبردار! جو تم میں سے کسی نے جھیل کے اس پار قدم رکھا! اگر تم میں سے کوئی ادھر گیا تو وہ خود بھی دردناک موت مرے گا اور قبیلے کو بھی تباہ کر دے گا۔ جھیل کے اس پار بری روحوں اور خوفناک بلاؤں کا مسکن ہے۔ وہاں جا کر تم انہیں طیش دلا دو گے اور وہ تمہاری دشمن ہو جائیں گی۔ تم نہیں جانتے کتنی بھیانک چیزیں ہیں وہاں۔ راتوں کو وہاں جنگل میں بد روحیں ہوا کے جھونکے بن کر کانٹے دار جھاڑیوں میں سر سراتی ہیں۔ ہمارے قبیلے کا کوئی مرد کبھی جھیل کے اس پار نہیں گیا۔"

قبیلے والوں کے دلوں میں ایسا خوف بیٹھ گیا تھا کہ وہ کبھی خواب میں بھی اس پار جانے کا نہیں سوچتے تھے۔

جمّا اور چروا گاؤں کے دو بہادر لڑکے تھے اور آپس میں گہرے دوست تھے۔ ان کی فطرت میں تجسّس بہت تھا۔ وہ جھیل کے اس پار جا کر جاننا چاہتے تھے کہ وہاں کیا ہے۔ بد روحوں اور بری بلاؤں کے وہ قائل نہ تھے۔ ان کی بستی جھیل کے کنارے پر آباد تھی۔ جھیل کیا تھی، سمندر سا تھا۔ اس کا دوسرا کنارہ چالیس میل دور تھا۔ کشتی کے ذریعے سے بھی اتنا لمبا سفر خطرے سے خالی نہ تھا۔ دور تک پھیلا ہوا جھیل کا پانی موجیں مارتا تھا۔ کبھی کبھار بستی والوں نے دور بہت دور جھیل میں رنگین حرکت کرتے ہوئے دھبے بھی دیکھے تھے۔ نجانے وہ بری روحیں تھیں یا اجنبی کشتیاں۔

آخر ان دونوں دوستوں نے جھیل کے اس پار جانے کا فیصلہ کر ہی لیا۔

وہ جھیل کے کنارے ایک کشتی بنانے لگے۔ گاؤں والوں نے بہت منع کیا، بد روحوں کا خوف دلایا، دھمکایا، مگر انہوں نے پروانہ کی۔

وہ یہی جواب دیتے تھے، "بد روحوں کا کوئی وجود نہیں ہوتا۔ اگر اس پار بد روحیں ہیں تو پھر انھیں چھلانگ لگا کر یہاں آنے سے کون روک سکتا ہے؟ ہم خود وہاں جا کر ان بے بنیاد وہموں کا پردہ چاک کریں گے۔ ہم ضرور جائیں گے۔"

اس کی خبر جادوگر کھومبے کو بھی ہو گئی۔ اسے بہت غصّہ آیا۔ وہ آ کر لڑکوں کو ڈانٹنے لگا، "نادان لڑکو! تم اس پار نہیں جا سکتے۔ تمھاری کشتی راستے ہی میں ٹوٹ جائے گی۔ یہ میری پیشگوئی ہے۔ جھیل کے پار جانا قبیلے کے دستور کے خلاف ہے۔"

کھومبے دھمکیاں دیتا رہا۔ برے انجام سے ڈراتا رہا، مگر دونوں کو یقین تھا کہ وہ اس پار ضرور پہنچیں گے۔

مقررہ دن بعد جب دونوں دوست کشتی میں بیٹھ کر لمبے سفر پر روانہ ہونے والے تھے تو کنارے پر لوگوں کا ہجوم تھا۔ ان سب کو یقین تھا کہ کشتی ضرور ڈوب جائے گی، کیوں کہ جادوگر کی یہی پیشگوئی تھی۔ کھومبے بھی وہیں موجود تھا۔ اس کا چہرہ غصّے سے سرخ ہو رہا تھا۔ وہ ہاتھ اٹھا کر کچھ بدبدا رہا تھا۔

کشتی کنارے سے روانہ ہوئی۔ بستی والوں کے دل دھڑک رہے تھے۔ اچانک کشتی ڈوبنے لگی۔ دونوں نے فوراً جھیل میں چھلانگ لگا دی اور تیر کر کنارے پر آ گئے۔ کشتی ڈوب گئی۔ کھومبے قہقہہ لگا کر کہہ رہا تھا، "ارے بہادرو! تم گئے نہیں اس پار؟ کشتی ڈوب گئی؟ ہاہاہا!"

وہ خاموش رہے۔ اگلے دن انہوں نے کشتی پانی سے باہر نکالی۔ انہیں جادوگر کی

پیشگوئی پر ذرا بھی یقین نہ تھا، مگر وہ کشتی ڈوبنے کا سبب معلوم کرنا چاہتے تھے اور وہ سبب انہیں مل گیا۔ کشتی کے پیندے میں ایک سوراخ تھا، انسانی ہاتھوں کا بنایا ہوا۔

وہ مسکرا دیے اور دل میں کہا، "تو یہ ہے تمہاری پیشگوئی کی سچائی کا راز! ہم بھی دیکھتے ہیں تم کتنی بار سوراخ کرتے ہو کھومبے!"

اس بار دونوں دوستوں نے کشتی کو لمحہ بھر کے لئے بھی اکیلا نہ چھوڑا۔ وہ بڑی محنت سے کشتی کی مرمّت کرنے لگے۔

تین دن بعد پھر کنارے پر لوگ جمع ہوئے۔ وہ آپس میں کہہ رہے تھے، "ان دونوں کی عقل ماری گئی ہے۔"

"کھومبے کی پیشگوئی کی سچائی دیکھ چکے ہیں، پھر بھی اپنی ضد سے باز نہیں آتے۔"

"اس بار ان کا زندہ بچنا ناممکن ہے۔"

"کشتی تباہ ہو جائے گی۔"

"جھیل کے اس پار جانا گناہ ہے۔ ہمارے بزرگوں میں سے کوئی ادھر نہیں گیا۔"

"وہاں بھیانک بلائیں ہیں۔"

"کھومبے یہ سب کچھ دیکھ سکتا ہے۔ اس کی بوڑھی آنکھیں جھیل کے پار دیکھ سکتی ہیں، وہ ان دیکھی بلاؤں کو دیکھ سکتا ہے۔"

"اس کا علم بہت بڑا ہے۔"

کشتی کنارا چھوڑ کر پانی میں دھیرے دھیرے تیرنے لگی۔ بستی والے دم سادھے دیکھ رہے تھے۔ وہ جانتے تھے کہ کسی بھی لمحے کشتی ٹوٹ کر ڈوبنے والی ہے۔ تین دن پہلے کا منظر ان کی نگاہوں میں گھوم رہا تھا۔ کھومبے جادوگر سب سے الگ تھلگ اداس کھڑا سوچ رہا تھا، "نہیں، نہیں اس بار کشتی نہیں ڈوبے گی۔ پچھلی بار میں نے چپکے سے اس کے

تلے میں سوراخ کر کے مٹی سے بھر دیا تھا تا کہ وہ نظر نہ آئے۔ پانی میں مٹی گھل گئی اور سوراخ کھل گیا۔ اس بار موقع ہی نہیں مل سکا۔ یہ بہادر لڑکے اس پار ضرور پہنچیں گے۔"

لوگ آپس میں کہہ رہے تھے، "تم دیکھنا، بس کشتی ڈوبنے والی ہے۔"

مگر جادوگر سوچتا رہا، "کشتی سلامت رہے گی۔ یہ لڑکے اس پار جا کر مہذب لوگوں سے عقل کا سبق لیں گے، ان سے علم حاصل کریں گے اور پھر دور دراز علاقوں سے اجنبی یہاں آنے لگیں گے۔ نئی تہذیب اور نئے خیالات لے کر۔ نئی روشنی اور نئی زندگی لے کر۔ میرے بزرگوں نے ڈرا دھمکا کر ان لوگوں کو دوسرے کنارے سے دور ہی رکھا تا کہ یہاں ہم جادوگروں کی حکمرانی رہے، مگر اب میں زیادہ دیر انہیں جہالت اور وہموں کے اندھیرے میں نہیں رکھ سکتا۔ ہم جادوگروں کا دور ختم ہو رہا ہے۔ اب علم و عقل کی روشنی یہاں بھی آ جائے گی۔ پرانے خیالات کی جگہ نئے خیالات کا دور دورہ ہو گا۔ اس نئے زمانے میں مجھ جیسے جھاڑ پھونک کرنے والے جادوگروں کے لیے کوئی جگہ نہیں۔ الوداع، اے بستی والو! میں جا رہا ہوں۔"

اس نے بھیگی ہوئی آنکھیں پوچھیں اور دھیرے دھیرے قدم اٹھاتا ہوا جنگل میں گم ہو گیا۔

(۴) موت کی وادی

تاروں بھرے آسمان سے چودھویں کا گول مٹول چاند اپنی چاندنی زمین پر برسا رہا تھا۔ جنگل کی طرف سے آنے والی ہوا کے جھونکوں میں جنگلی پھولوں کی خوشبو بسی ہوئی تھی۔ بڑی ہی سہانی اور خوبصورت رات تھی۔

آج کی رات "چولو" گاؤں کے لوگ مہمان بن کر "کھوما" گاؤں آئے ہوئے تھے۔ چودھویں رات کو ایک گاؤں کے لوگوں کا دوسرے گاؤں مہمان بن کر جانا عام بات تھی اور یہ دستور برسوں سے چلا آرہا تھا۔

کھانے کے بعد لڑکیاں ایک دوسرے کے ہاتھوں میں ہاتھ ڈال کر جھوم جھوم کے ناچنے لگیں۔ لڑکے اچھل کود اور دوسرے کھیلوں میں مصروف ہو گے۔ عورتیں جھونپڑیوں کے سامنے بیٹھ گئیں اور مرد جھیل کے کنارے بیٹھ کر باتیں کرنے لگے۔

اچانک مہمان گاؤں کے سردار نے گاؤں کے دو لڑکوں جمّا اور چروا سے کہا، "میرے بچوں! تمہاری بہادری کے کارناموں کی داستانیں "چولو" تک پہنچ چکی ہیں۔ تم نے بڑے حوصلے کے کام انجام دیے ہیں۔ میری خواہش ہے کہ تمھاری دلیری کا کوئی واقعہ تمہاری زبان سے سنوں۔"

"ہاں، ہاں، کوئی دلچسپ واقعہ سناؤ۔" سب لوگ ایک ساتھ بول اٹھے۔

جمّا نے الاؤ میں سے کرید کر ایک آلو نکالا اور اسے پھونکیں مار کر ٹھنڈا کرتے ہوئے بولا، "ایک بار میں اور چروا ایک ہرن کا پیچھا کر رہے تھے۔ ہرن بہت تیز رفتار جانور ہوتا

ہے، مگر ہم اس کے کھروں کے نشانوں کے سہارے آگے بڑھتے رہے۔ آخر ہم ایک گاؤں پہنچے۔ وہاں کے مکھیا نے ہمارا شاندار استقبال کیا اور ہمیں کھانا کھلایا۔

عجیب بات یہ تھی کہ گاؤں والے بہت سہمے ہوئے تھے اور گاؤں پر اداسی چھائی ہوئی تھی۔ جب ہم نے اس کی وجہ پوچھی تو مکھیا نے بتایا کہ پہاڑ کے نیچے گھنے جنگلوں میں ایک بہت بڑی وادی ہے۔ گاؤں والے اس وادی میں "کاسوا" کی جڑیں ڈھونڈنے جایا کرتے ہیں۔ مگر کچھ دنوں سے اس وادی میں جانے والے واپس لوٹ کر نہیں آتے۔ گاؤں والوں کا خیال ہے کہ یا تو کوئی جنگلی درندہ انھیں کھا جاتا ہے یا پھر بھوت پریت انھیں پکڑ لیتے ہوں گے۔ اس خوف کی وجہ سے اب کوئی اس وادی کا رخ نہیں کرتا۔ وہ موت کی وادی ہے مگر مشکل یہ ہے کہ "کاسوا" کی جڑیں صرف اسی وادی میں ملتی ہیں اور وہی گاؤں والوں کی خاص غذا ہے۔ اس لیے گاؤں والے اکثر بھوکے ہی رہ جاتے ہیں۔ مکھیا نے بتایا کہ میں خود پریشان ہوں کہ کیا کروں!

میں نے مکھیا سے تو نہیں کہا کہ بھوت پریت کا کوئی وجود نہیں۔ ہاں، چرواسے کہا کہ ہم چپ چاپ موت کی وادی میں ضرور جائیں گے۔ چرواہمیشہ کی طرح گھبرا گیا مگر جب میں نے اکیلے جانے کی دھمکی دی تو تیار ہو ہی گیا۔

اگلے دن ایک آدمی نے بھوک سے تنگ آکر موت کی وادی میں جانے کا فیصلہ کر لیا تھا۔ میں اور چرو ابھی چپکے چپکے اس کے پیچھے چل پڑے۔

ہم نے اسے وادی میں اترتے دیکھا۔ ڈھلان پر بہت سے درخت اور پودے تھے، اس لیے نیچے اترنا زیادہ مشکل نہ تھا۔ آخر ہم اس حسین وادی پہنچ گئے۔ وہاں شفاف پانی کی ایک چھوٹی سی ندی بہہ رہی تھی۔ وہاں طرح طرح کے جانور اور پرندے تھے۔ ہم دونوں ایک درخت پر چڑھ کر اس آدمی کو دیکھنے لگے۔ وہ آدمی اس وقت جھاڑیوں کے

پاس سے گزر رہا تھا کہ اچانک چار آدمی جھاڑیوں سے نکل کر اس پر ٹوٹ پڑے۔ اس نے بہت ہاتھ پیر مارے مگر حملہ آوروں نے اسے رسی سے جکڑ کر ساتھ لیا اور جھاڑیوں میں غائب ہو گئے۔ ہم دونوں نے ان کا پیچھا کرنا چاہا مگر گھنی جھاڑیوں کی وجہ سے نہ کر سکے۔ ہم، بڑی اداسی کے ساتھ گاؤں واپس آئے۔ گاؤں کا ایک اور آدمی کم ہو چکا تھا۔

اس رات مجھے نیند نہیں آئی۔ میں سوچتا رہا۔ اچانک ایک خیال میرے ذہن میں آیا۔ میں نے سوچا کہ وہ لوگ صرف غلاموں کو پکڑنے والا ہوں گے۔ ان کی تعداد کم ہو گی۔ اسی لئے گاؤں پر حملہ کرنے کے بجائے چوری چھپے لوگوں پر حملہ کر رہے ہیں۔ ان کا پتا لگانے کے لئے ہمیں ایک چال چلنی ہو گی۔ میں نے ذہن میں ایک منصوبہ بنایا اور پوری بات چرواکو بتادی۔

اگلے دن میں نے اپنا بھالا اٹھایا، ایک رسی اور چاقو لے کر چروا کے ساتھ وادی کی طرف چل پڑا۔ گاؤں والے یہ سمجھے کہ ہم شکار کھیلنے جا رہے ہیں۔ وادی میں اترنے سے پہلے میں نے چروا کے دونوں ہاتھ رسی سے اس کی کمر کے پیچھے باندھ دیے اور اس کی پیٹھ سے بھالے کی نوک لگا کر اس کے پیچھے پیچھے چلنے لگا۔

جب ہم جھاڑیوں کے پاس سے گزرے تو وہی چاروں آدمی جھاڑیوں میں اچانک نکل کر سامنے آ گئے۔

ان میں سے ایک نے پوچھا، "کہاں لے جا رہے ہو اسے ؟ کون ہو تم ؟"

میں نے لاپروائی سے جواب دیا، "دیکھتے نہیں، غلام پکڑنے والا ہوں۔ میں ایک گاؤں کے بارے میں جانتا ہوں جس میں اس جیسے سینکڑوں جوان ہیں۔ وہ منڈی میں مہنگے بکیں گے، مگر چونکہ میں اکیلا ہوں اس لیے ایک وقت میں ایک ہی غلام پکڑتا ہوں۔"

انہوں نے چروا کے مضبوط جسم کو دیکھا تو ان کے منہ میں پانی بھر آیا۔ کہنے لگے،

"لڑکے تیری عمر ابھی اتنی نہیں کہ تو غلام پکڑے۔ ہمارے ساتھ مل کر کام کر اور ہمیں وہ گاؤں بتا دے۔ ہم ایسے بہت سے جوان پکڑ لیں گے اور ہمارے ساتھ تو بھی امیر ہو جائے گا۔ دیکھ! ہم کل پانچ ساتھی ہیں۔ ہم میں سے چار غلام پکڑتے ہیں اور پانچواں ان کی نگرانی کرتا ہے۔ تو ہمارا چھٹا ساتھی بن جا۔"

میں راضی ہو گیا۔ وہ ہمیں لے کر اپنے خفیہ جگہ پہنچے جہاں ایک جھونپڑی میں آٹھ غلام پڑے تھے۔ ان کا پانچواں ساتھی پہرا دے رہا تھا۔ انہوں نے مجھے بتایا کہ جیسے ہی ہم دس غلام پکڑ لیں گے فوراً منڈی کا رخ کریں گے۔

میں نے چروا کو بھی جھونپڑی کے اندر دھکیل دیا۔

پانچوں بہت خوش تھے۔ انہوں نے بھنے ہوئے ہرن کے گوشت سے میری تواضع کی۔ پھر مجھے بتانے لگے کہ وہ وادی میں آنے والوں کو کس طرح پکڑتے ہیں۔

وہ یہ بات نہیں جانتے تھے کہ چروا کے ہاتھوں میں بندھی ہی رسی کی گانٹھیں ڈھیلی ہیں اور اس کے پاس چاقو بھی ہے۔ غلاموں کے لئے جو جھونپڑی تھی، اس کے باہر ہی وہ سب سوتے تھے۔

تھوڑی دیر بعد وہ چاروں خرّاٹے لینے لگے اور جو پہریداری کرنے والا پانچواں آدمی تھا وہ بھی سو گیا۔ میں نے سب سے پہلے ان کے بھالے اٹھائے اور انھیں لے کر دبے پاؤں جھونپڑی کے پیچھے چلا گیا۔ میں نے بھالوں کو جھونپڑی کے اندر سرکا دیا۔ اتنی دیر میں چروا اپنی رسی کھول کر وہاں بندھے ہوئے دوسروں غلاموں کو بھی آزاد کر چکا تھا۔ ان کے پاس بھالے بھی آ گئے تھے۔ وہ سب باہر نکلے اور اچانک ہی ان پانچوں پر ٹوٹ پڑے اور ذرا سی دیر میں ان سب کو رسیوں سے باندھ دیا۔

جب ہم آٹھوں گاؤں والوں اور پانچ پکڑنے والوں کو لے کر گاؤں آئے تو وہاں

خوشی کی لہر دوڑ گئی۔ ہمیں لوگوں نے کندھوں پر بٹھا کر رقص کیا اور ہماری خوب خاطر کی۔ وہ چاہتے تھے کہ ہم ان کے گاؤں ہی میں رہیں، مگر ہم وہاں چار دن ان کے ساتھ جشن منانے کے بعد واپس لوٹ آئے۔"

جمّا نے داستان ختم کی۔ لوگ پیار اور رشک بھری نظروں سے ان دونوں بہادر لڑکوں کی طرف دیکھ رہے تھے۔

چاندنی رات اور حسین ہو گئی تھی۔ دور جنگل میں درندوں کی آوازیں گونج رہی تھیں۔ الاؤ کی آگ ٹھنڈی ہو چلی تھی۔

(۵) مونچھ کا بال

کسی زمانے میں انڈونیشیا کے جنگلوں میں ایک جانور رہتا تھا جسے "ماؤس ڈیئر" کہا جاتا تھا۔ یہ ایک قسم کا ہرن ہوتا ہے، دنیا کا سب سے چھوٹا ہرن۔ یہ خرگوش جتنا بڑا ہوتا ہے اور انڈونیشیا والے اسے سب جانوروں سے زیادہ پیار کرتے ہیں اور اس کا ایک سبب بھی بیان کرتے ہیں۔

ننھا منا سا یہ ہرن بڑا ہی خوب صورت، پھرتیلا اور شان دار ہوتا ہے۔ کہا جاتا ہے یہ بے انتہا چالاک بھی ہوتا ہے۔ اس کی چالاکی کی بہت سی کہانیاں مشہور ہیں۔

انڈونیشیا ایک ایسا ملک ہے جو بہت سے جزیروں سے مل کر بنا ہے۔ ان جزیروں میں "جاوا"، "سماٹرا" اور "بورنیو" بڑے بڑے جزیرے ہیں۔

ہاں، تو کسی زمانے کی بات ہو رہی تھی۔

جاوا کے جنگلوں کا بادشاہ ایک ٹائیگر تھا جسے اپنی طاقت پر بڑا غرور تھا۔ وہ کسی دوسرے بادشاہ کو اپنے برابر نہیں سمجھتا تھا۔ جنگل کے تمام جانور اس سے ڈرتے تھے۔ اور اس کے سامنے سر جھکائے رہتے تھے۔ جس طرف سے بھی اس کا گزر ہوتا، جانور خوف سے میلوں دور بھاگ جاتے، درختوں پر چھلانگیں مارنے والے لنگور اور بندر چپ چاپ پتوں میں چھپ جاتے۔

آس پاس کے تمام جزیروں کے بادشاہوں سے اس نے اپنی اطاعت قبول کرا لی تھی۔

ایک دن اسے خیال آیا۔

"تمام جزیروں کے بادشاہوں نے ہمیں شہنشاہ تسلیم کر لیا ہے اور خراج کے طور پر ہمارے کھانے کے لیے ہمارے حضور بہت سے جانور بھیجتے ہیں، لیکن بورنیو کا بادشاہ ابھی تک بچا ہوا ہے۔ اس نے ابھی تک ہماری اطاعت قبول نہیں کی۔ ہم اسے بھی پیغام بھیجیں گے۔ اسے تسلیم کرنا ہو گا کہ ہم اس سے برے ہیں۔ اگر اس نے انکار کیا تو ایسی خوف ناک سزا دیں گے کہ اس کی یاد ان جنگلوں میں صدیوں باقی رہے گی۔"

اس نے اپنے دربار کے تین ٹائیگروں کو بلا کر کہا: "ابھی بورنیو جاؤ اور وہاں کے بادشاہ کو ہمارا پیغام پہنچاؤ۔ اس سے کہو کہ وہ دوسرے تمام بادشاہوں کی طرح ہمیں بادشاہ تسلیم کرے۔ ہماری اطاعت قبول کرے اور ہر ماہ جب چودھویں کا چاند نکلے تو خراج کے طور پر ہمارے لیے موٹے تازے جانور بھیجے۔ اگر وہ ہمارا حکم نہیں مانے گا تو ہم خود بورنیو آ کر اسے کھا جائیں گے۔"

درباری بولے: "ہم ابھی جاتے ہیں، حضور! کون ہے جو جہاں پناہ کا حکم ٹال سکے؟"

جب وہ جانے لگے تو بادشاہ نے آواز دی: "ٹھہرو۔"

وہ جھٹ واپس آ گئے۔

"جی حضور!" انھوں نے کہا۔

بادشاہ نے اپنی مونچھ کا بال توڑ کر انھیں دیتے ہوئے کہا: "بورنیو کے بادشاہ کو پیغام کے ساتھ ہی ہماری شاہی مونچھ کا عالی شان بال بھی پیش کرنا اور اس سے کہنا کہ آج تک ہمارے سامنے سر جھکے ہیں، اٹھے نہیں۔ جنگلوں میں بادشاہ تو بہت ہیں، شہنشاہ صرف ایک ہے۔ ہماری مونچھ کا یہ بال گواہ ہے کہ ہم کس قدر طاقت ور اور کتنے خوف ناک اور خوں خوار ہیں۔ ہمارا غصہ سمندر کے طوفان کی طرح بپھرتا ہے۔ جاؤ، اور بورنیو کے بادشاہ کا سر

جھکا دو۔"

جب تینوں ٹائیگرز بورنیو پہنچے تو بری طرح تھک چکے تھے۔ گرمی بہت سخت تھی۔ دو قدم چلنا بھی مشکل ہو رہا تھا۔ گھنے درخت کا ٹھنڈا سایہ ملتے ہی وہ ستانے لگے۔

ان میں سے ایک بولا: "ابھی تو ہمیں اور چلنا ہے، کیوں کہ بادشاہ جنگل کے بیچ کہیں رہتا ہے۔ اب ہم کیا کریں؟"

باقی دونوں ساتھی کہنے لگے: "اب تو ہماری ٹانگوں نے جواب دے دیا ہے۔ تھوڑی دیر آرام کر کے تازہ دم ہو لیں، پھر آگے کا سفر طے کیا جائے گا۔"

اتفاق کی بات ہے اسی وقت ننھا ہرن "ماؤس ڈیئر" اس طرف آنکلا۔

انھوں نے اتنا چھوٹا سا ہرن کبھی نہیں دیکھا تھا۔

انھوں نے پکارا: "ارے او، ادھر آ۔"

ہرن ڈر گیا۔ سامنے موٹے تازے ٹائیگروں کو دیکھ کر وہ گھبرا گیا اور کانپتا ہوا نزدیک آیا اور ادب سے بولا: "آپ نے مجھے بلایا ہے؟"

انھوں نے ڈراؤنی آواز میں سوال کیا: "کون ہے تو؟"

اس نے سہم کر جواب دیا: "جی، میں ایک چھوٹا سا ہرن ہوں۔"

وہ زور زور سے ہنسنے لگے۔

ان میں سے ایک نے پوچھا: "تیرا بادشاہ کہاں رہتا ہے؟"

ہرن نے پوچھا: "کیا آپ بادشاہ سلامت سے ملنا چاہتے ہیں؟"

وہی ٹائیگر بولا: "ہاں، ہم جاوا کے جنگلوں سے اپنے شہنشاہ کا پیغام لے کر آئے ہیں۔"

دوسرے نے کہا: "بورنیو کے بادشاہ کو ہمارے شہنشاہ کی اطاعت قبول کرنی ہوگی۔"

"اور خراج کے طور پر ہر ماہ چودھویں رات کو بطور خراج بہت سے جانور جاوا بھیجنے ہوں گے۔ اگر اس نے حکم نہ مانا تو شہنشاہ یہاں آکر اسے کھا جائیں گے۔ نشانی کے طور پر شہنشاہ نے اپنی شاہی مونچھ کا یہ بال بھیجا ہے۔" تیسرے نے بات پوری کر دی۔

ہرن نے شہنشاہ کی مونچھ کا لمبا اور موٹا بال دیکھا اور سوچنے لگا۔

"یہ تو بہت برا ہو گا۔ بورنیو کی بڑی بے عزتی ہو گی۔ ان ٹائیگروں کو بادشاہ تک نہیں پہنچنے دینا چاہیے، مگر میں کیا کروں؟"

آخر وہ کچھ سوچ کر بولا: "آپ تھکے ہوئے ہیں۔ اس گرمی میں کہاں پریشان ہوتے پھریں گے۔ لائیے یہ بال۔ میں خود بادشاہ تک پیغام لے جاتا ہوں اور ان کا جواب لے کر ابھی واپس آتا ہوں۔"

ٹائیگر آپس میں مشورہ کر کے بولے: "ٹھیک ہے۔ تو جلد واپس آجا۔ ہم یہیں آرام کرتے ہیں۔"

ہرن بال لے کر چل دیا۔

وہ سوچ رہا تھا۔

"اگر بادشاہ تک یہ پیغام پہنچ گیا تو وہ ڈر کر تمام باتیں مان لے گا۔ اس جنگل کا اصل حکمران جاوا کا بادشاہ ہو گا۔ ہمارا بادشاہ دوسرے بادشاہ کے سامنے سر جھکائے گا۔ یہ تو بہت شرم کی بات ہے اور پھر تمام جانوروں کا خراج بھیجا جائے گا۔ ہو سکتا ہے ایک دن میری باری آجائے۔ نہیں نہیں، یہ پیغام بادشاہ تک نہیں پہنچنا چاہیے۔ اف، میں کیا کروں؟ اتنا چھوٹا سا تو ہوں میں!"

وہ ان ہی خیالات میں کھویا ہوا چلا جا رہا تھا کہ کسی نے آواز دی: "کہاں چلے جا رہے ہو؟"

اس نے مڑ کر دیکھا۔ اس کی پرانی دوست سیہی سامنے کھڑی تھی۔ سیہی کا سارا جسم بڑے بڑے کانٹوں سے ڈھکا ہوا تھا۔ بس اچانک ہی ہرن کو ایک خیال سوجھ گیا۔

اس نے سیہی سے کہا: "ذرا اپنا ایک کانٹا تو دینا۔"

"کیوں، خیر تو ہے؟" سیہی نے تعجب سے پوچھا اور اسے ایک کانٹا اکھاڑ کر دے دیا۔

"کچھ نہیں، بس یوں ہی۔" اس نے جواب دیا اور چھلانگیں مارتا ہوا غائب ہو گیا۔

ٹائیگر اسے دور سے دیکھ کر پکار اٹھے۔

"کیا جواب ہے تیرے بادشاہ کا؟"

ہرن نے کہا: "بادشاہ سلامت نے کہا ہے کہ انھوں نے کبھی کسی بے وقوف ٹائیگر کو نہیں کھایا۔ تمھارا بادشاہ احمق ہے جو مجھے کھانا چاہ رہا ہے، اس لیے میں خود جاوا آ کر تمھارے بادشاہ کو کھا جاؤں گا۔ جاؤ، اپنے نادان بادشاہ کو یہ پیغام دے دو اور اس کے ساتھ ہی نشانی کے طور پر بادشاہ سلامت کی مونچھ کا یہ چھوٹا سا بال لے جاؤ۔"

ہرن نے انھیں سیہی کا کانٹا دے دیا۔ سخت، لمبا اور نوک دار۔

ٹائیگر کانٹا دیکھ کر بوکھلا گئے۔

"جب مونچھ کا بال اتنا خوف ناک ہے تو بادشاہ خود کیسا ہو گا!" وہ سوچنے لگے۔

"جلدی سے بھاگ نکلو ورنہ وہ ہمیں ہی چٹ کر جائے گا۔" انھوں نے آپس میں کہا اور وہاں سے بھاگ گئے۔

اس دن کے بعد سے بورنیو کے جنگلوں میں آج تک کوئی ٹائیگر نہیں دیکھا گیا۔

(۶) نادان بھونرا

"بھن بھن، بھن بھن، بھن بھن۔"

ایک بھونرا بڑی دیر سے پھولوں کے گرد چکر لگا رہا تھا۔

یہ نازش کی پھلواری تھی۔ ننھی نازش کو پھول بے انتہا پسند تھے۔ وہ اکثر پارک میں چلی جایا کرتی تھی اور گھنٹوں، رنگین، خوشنما اور خوشبو سے بھرے پھولوں سے لطف اٹھایا کرتی تھی اور مجبوراً ڈیڈی کو اسے گود میں اٹھانا پڑتا تھا، ڈیڈی دن بھر کے تھکے ماندے شام کو جب گھر واپس آتے تو نازش کو منتظر پاتے اور وہ انہیں دور ہی سے دیکھ کر چلا اٹھتی۔

"ڈیڈی! چلئے پارک میں۔"

ڈیڈی، کیوں کہ نازش کو بے حد چاہتے تھے۔ اس لئے کبھی انکار نہ کرتے اور الٹے پیروں اسے لے کر پارک کی طرف چلے جاتے۔

ممی لاکھ چلاتیں۔

"اوئی، یہ لڑکی ہے یا قیامت۔ انہیں دو گھڑی دم بھی نہیں لینے دیتی۔"

اگر کبھی ڈیڈی نازش سے کہہ دیتے، "بیٹی، آج بہت تھکا ہوا ہوں۔ کل چلیں گے۔"

بس نازش کی بھنویں چڑھ جاتیں، وہ روٹھ جاتی اور پھول کر کُپا بن جاتی۔ ڈیڈی تھک ہار کر کہتے، "اچھا، بھئی، چلو، ہم بعد میں آرام کریں گے۔"

نازش ایک دم کھل اٹھتی اور ڈیڈی کی انگلی تھام کر پارک کی طرف چل دیتی۔

ایک روز جب ڈیڈی گھر آئے تو روزانہ کی طرح نازش نے ان سے پارک لے جانے کو کہا۔ ڈیڈی بولے، "بیٹی! روز اتنی دور جانے سے میں بھی تھک جاتا ہوں اور تم بھی۔ اس لئے۔۔۔"

"ہوں اوں" نازش مچل پڑی۔ "ہم تو جائیں گے۔"

ڈیڈی نے اسے گود میں اٹھا کر کہا، "پہلے میری بات تو سن لو۔"

"سنائیے"، اس نے منہ بسور کر کہا۔

"نازش!" ڈیڈی نے کہا، "اگر پارک خود ہی تمہارے پاس آجائے تو؟"

"واہ ڈیڈی یہ کیسے ہو سکتا ہے؟ میں بچی ہوں تو کیا ہوا، لیکن اتنا سمجھتی ہوں کہ پارک یہاں نہیں آسکتا۔"

"آسکتا ہے بیٹی! ڈیڈی نے اسے سمجھایا۔ "اپنے کمپاؤنڈ میں بہت جگہ پڑی ہے۔ اس میں پھولوں کے پودے لگا دو۔"

نازش اچھل پڑی، "ہاہا، ڈیڈی نے کتنی اچھی بات بتائی ہے۔" وہ خوشی سے تالی بجاتی ہوئی بولی، "یہ ترکیب تو میری سمجھ میں آئی ہی نہیں تھی۔ اب مجھے اتنی دور نہ جانا پڑے گا۔ گھر بیٹھے پھولوں سے کھیلا کروں گی۔ ابا جی۔"

اگلے ہی دن ڈیڈی بہت سے پودے لے آئے۔ مالی نے زمین کھود کر کیاریاں بنا دیں۔ لیجیئے، پھلواری بن گئی۔ جوں جوں دن گزرتے گئے پودے رنگ برنگے مختلف قسم کے پھولوں سے لد گئے۔ گلاب، گیندے، موتیا، چمپا اور چمیلی کے پھولوں نے اپنی بھینی بھینی خوشبو دور دور تک بکھیرنی شروع کر دی۔ پھولوں کے کھلتے ہی بے شمار نازک پیروں والی تتلیاں آپہنچیں۔ جو سارا دن پھولوں کا منہ چومتی پھرتیں۔ تتلیوں کے ساتھ ہی ایک بھونرا بھی آیا۔ کالا کلوٹا بڑا سا۔ نہ جانے وہ سارا دن پھولوں میں کیا ڈھونڈتا پھرتا تھا۔

ہاں، تو بھونرا پھولوں کے آس پاس بھن بھن کر رہا تھا اور نازش بڑی دیر سے اسے دیکھ رہی تھی۔ بھونرا بڑی بے چینی سے ادھر ادھر اڑتا رہا۔ کبھی ایک پھول پر جا بیٹھتا کبھی دوسرے پر۔ نازش نے محسوس کیا کہ بھونرے کو ضرور کسی چیز کی تلاش ہے۔ مگر وہ اس بے زبان سے کیسے پوچھتی۔ بھلا وہ کیا بتاتا؟ ویسے نازش کا دل چاہ رہا تھا کہ وہ بھونرے کی مدد کر سکتی کیوں کہ وہ بڑی ہی نیک اور رحم دل لڑکی تھی۔

آخر وہ بڑبڑانے لگی، "ہائے، بھونرے میاں میں کس طرح تمہاری مدد کروں؟ نہ جانے تمہیں کیا پریشانی ہے؟"

ارے! نازش حیران رہ گئی۔ کیونکہ وہ اس کے پاس ہی پودے کی شاخ پر آ بیٹھا تھا اور اپنی ننھی منی آنکھوں سے اسے دیکھ رہا تھا اور اس کی حیرت کی کوئی انتہا نہ رہی جب اس نے باریک سی آواز سنی، "ننھی نازش، میں بہت دکھی ہوں۔"

"ہائیں، تم بول بھی سکتے ہو؟" نازش نے آنکھیں پھاڑ کر کہا۔ "آخر تم ہو کیا بلا؟"

"ہاں میں بول سکتا ہوں تاکہ میں اپنی دکھ بھری کہانی سنا سکوں اور لوگ اس سے سبق حاصل کریں۔" بھونرے نے اداس ہو کر کہا۔

"اوئی" نازش نے کہا۔ "تمہاری کوئی کہانی بھی ہے۔"

"ہاں۔" بھونرے نے ٹھنڈی سانس بھر کر کہا۔ "بڑی عجیب، بڑی انوکھی اور درد بھری کہانی ہے۔ سنو گی۔"

"ہاں، ہاں، سناؤ"، نازش نے جلدی سے کہا۔

بھونرے نے کہنا شروع کیا، "تم نے دیکھا ہی ہو گا۔ میں ان پھولوں کے پاس اڑتا پھرتا ہوں۔ دراصل میں ان سے ہر وقت یہی کہتا رہتا ہوں۔ میرا قصور معاف کر دو اور واپس میرے ملک کو لوٹ چلو، مگر وہ نہیں سنتے۔"

"بھلا یہ کیا بات ہوئی؟" نازش بولی، "بھونرے میاں، کیا مجھے بے وقوف بنا رہے ہو۔"

"ایک بے وقوف کسی کو کیا بے وقوف بنائے گا۔" اس نے جواب دیا۔ "خیر، میری کہانی سنو۔ اس دنیا سے بہت دور ایک ملک ہے جس کا میں بادشاہ تھا۔ میرے ملک میں دنیا کی ہر نعمت موجود تھی۔ رعایا بہت خوش تھی۔ کسی کو کوئی غم نہ تھا۔ وہاں باغات بارہ مہینے میٹھے اور رسیلے پھلوں سے لدے رہتے تھے۔ چمن میں یہ دلکش پھول ہر موسم کھلے رہتے تھے۔ یہی پھول۔"

یہ کہتے کہتے بھونرے کی آواز بھر آگئی۔

"یہی پھول جو تم دیکھ رہی ہو، کبھی میری سلطنت میں مسکراتے تھے۔ مگر اب روٹھ کر چلے آئے ہیں ان ہی کے دم سے میرے ملک میں رونق تھی۔ ان کے چلے آنے سے آج وہاں باغات اور پھلواریاں اجاڑ ہیں، ویران ہیں۔ جب یہ پھول وہاں تھے تو بھانت بھانت کے پرندے اور رنگین تتلیاں بھی آیا کرتی تھیں۔ ان پھولوں کی وجہ سے لوگ بھی بہت خوش رہا کرتے تھے۔ انہیں دیکھ کر ہر دکھی آدمی خوش ہو جاتا تھا۔ رات کے وقت ٹھنڈی ہوا کے خوشگوار جھونکے ان کی خوشبو کو سارے ملک میں بکھیر دیتے تھے اور دن بھر کے تھکے ماندے لوگ سکون کی نیند سو جاتے تھے۔ آہ۔ آج وہاں کچھ بھی نہیں۔ نہ پرندے ہی آتے ہیں اور نہ تتلیاں۔ لوگ ہر وقت اداس رہتے ہیں۔ راتوں کو کروٹیں بدلتے رہتے ہیں۔ مگر نیند نہیں آتی۔"

"مگر یہ پھول چلے کیوں آئے، تم نے انہیں کیوں آنے دیا؟" نازش نے دریافت کیا۔

"اس کا ذمہ دار میں خود ہوں۔" بھونرے نے شرم سے سر جھکا کر کہا، "میری ہی

بیوقوفی کی وجہ سے یہ چلے آئے۔ ہاں تو میں کہہ رہا تھا کہ میرا ملک بڑا خوش حال تھا اور پھر میرے پاس تو دولت بھی بے انتہا تھی۔ میرا خزانہ بیش قیمت جواہرات سے بھرا ہوا تھا۔ مگر برا ہو لالچ کا، جس کی وجہ سے میں برباد ہو گیا۔ اتنی دولت کے باوجود میں ہر وقت یہی سوچتا تھا کہ کسی صورت سے میری دولت اور بڑھ جائے اور میرا ملک دولت میں سب سے آگے بڑھ جائے۔ دولت سے یہ پیار اس قدر بڑھ گیا کہ میں نے بے حد دولت جمع کر لی اور پھر حکم دیا کہ سارے ملک میں سونے چاندی اور جواہرات کے مکانات، سڑکیں اور گلی کوچے بنائے جائیں۔"

"چنانچہ ایسا ہی کیا گیا۔ دن کو سورج کی تیز روشنی اور رات کو چاند تاروں کی دھیمی روشنی میں جب میرا سونے چاندی کا ملک جگمگاتا تو میری خوشی کا کوئی ٹھکانہ نہ رہتا۔ جب میں سونے چاندی اور جواہرات کی سڑکوں پر چلتا تو مارے غرور کے میرا سینہ تن جاتا۔

ایک روز میری نظر پھولوں پر پڑی اور میرے دل میں خیال آیا، بھلا کیا فائدہ ہے ان پھولوں کا؟ بالکل بیکار ہیں یہ۔ ذرا ہاتھ میں لے کر ملنے سے ختم ہو جاتے ہیں اور پھر میرے ملک میں جب تمام چیزیں سونے چاندی کی ہیں تو پھر ان پھولوں کا یہاں کیا کام؟ پھول بھی جواہرات کے ہی ہونے چاہئیں۔"

میں نے حکم دیا کہ سارے پھول میرا ملک چھوڑ کر چلے جائیں۔ ان کی جگہ جواہرات کے پھول لگائے جائیں گے۔

پھولوں نے جب یہ سنا تو رونے لگے اور مجھ سے گڑگڑا کر کہا، "ہمیں مت نکالو، بادشاہ سلامت۔ رحم کرو رحم۔"

"بکو مت۔" میں نے غصے سے کہا: "چلے جاؤ، فوراً، تم بالکل بیکار ہو۔"

"ہم بیکار نہیں ہیں۔" پھول بولے، "ہم "خوشبو دیتے ہیں۔"

"جواہرات کے پھولوں میں خوشبو نہیں ہوتی۔" پھولوں نے کہا۔

"ہم تم سے زیادہ جانتے ہیں۔" میں نے انہیں ڈانٹ دیا۔

روتے رہے۔ پھر بولے، "اگر ہم چلے گئے تو یہ خوشنما پرندے اور خوبصورت تتلیاں بھی یہاں نہیں آئیں گی۔"

"ہونہہ" میں نے کہا، "بڑا غرور ہے اپنے اوپر۔ وہ سب آئیں گے۔ جواہرات کے پھول تم سے کہیں زیادہ خوبصورت ہیں۔ جاؤ نکل جاؤ، میرا ملک خالی کرو۔"

تمام پھول شبنم کے آنسو بہاتے ہوئے میرے ملک سے چلے آئے اور میں نے اس کی جگہ جواہرات کے پھول لگوا دیئے جو بڑے خوبصورت لگ رہے تھے۔ میں انہیں دیکھتا اور پھولا نہ سماتا۔

"مگر جلد ہی میں نے محسوس کیا کہ ان پھول میں خوشبو نہ تھی۔ بلکہ صرف دیکھنے ہی کی خاطر خوبصورت تھی۔ میرے ملک کے لوگ سمجھتے تھے کہ ان پھولوں کی سب سے زیادہ میٹھی خوشبو ہوگی۔ مگر پتھر خواہ معمولی ہو یا قیمتی۔ اس میں خوشبو نہیں ہوتی۔ لوگ راتوں کو بے چینی سے کروٹیں بدلتے رہتے۔"

اصلی پھولوں کے جاتے ہی نہ تو خوش آواز پرندے ہی آئے اور نہ خوش رنگ تتلیاں۔ سارے چمن ویران ہو گئے۔ پہلے جب میں پھولوں کو ہاتھ میں لیتا تھا تو بڑا ہی لطف آتا تھا۔ مگر ان پھولوں کو ہاتھ میں لے کر ایسا محسوس ہوتا جیسے پتھر اٹھالئے۔

اب مجھے اپنی حماقت پر افسوس ہے۔ لگا اصلی پھول اپنے ساتھ ملک کی ساری رونق لے گئے تھے۔ لوگوں میں بے چینی بڑھتی جا رہی تھی۔ سب چیخ اٹھے، "بادشاہ! پھول کو واپس بلاؤ، ہمیں یہ نقلی پھول نہیں بھاتا وہی نرم و نازک خوشبو سے بھرے پھول دے دو۔"

مگر اب میں پھولوں کو کس منہ سے واپس آنے کے لئے کہتا۔ آخر لوگ مجھ سے اس قدر ناراض ہو گئے کہ انہوں نے میرے خلاف بغاوت کر دی۔ مجھ سے بادشاہت چھین لی اور میرے جسم پر سیاہی پوت کر یہ کہہ کر ملک سے نکال دیا۔
"جاؤ پھولوں کو واپس لاؤ ورنہ اپنی منحوس صورت یہاں لے کر نہ آنا۔"
"بس اسی وقت سے میں ان پھولوں کو مناتا پھر رہا ہوں کہ بھائی اب غصہ تھوک دو اور واپس چلو۔"
"بڑی بھول ہوئی تم سے۔" نازش نے کہا۔ "لیکن یہ تو بتاؤ کہ یہ پھول کیا کہتے ہیں؟"
بھونرا بولا، "بڑی منت سماجت کرنے پر پھولوں نے مجھ سے کہا کہ تمہاری طرح ہی انسان بھی سونے چاندی اور جواہرات کا دیوانہ ہو رہا ہے۔ وہ دن قریب ہی ہے جب وہ تمہاری طرح ہمیں اپنی دنیا سے نکال کر جواہرات کے پھول لگوائے گا۔ بس اسی دن ہم واپس آ جائیں گے۔ اس سے پہلے نہیں۔"
یہ سن کر نازش بے اختیار چیخ اٹھی، "نہیں نہیں، بھونرے میاں! انسان ان پھولوں کو کبھی نہیں نکالے گا۔ کیونکہ یہ ہماری دنیا کی بہار ہیں۔ ان کے سامنے جواہرات کے پھولوں کی کوئی حقیقت نہیں ہے۔ یہ پھول ہمیں بہت عزیز ہیں۔"
"ٹھیک ہے۔" بھونرا بولا، "مجھے تو اپنی نادانی کی سزا مل ہی گئی ہے۔ لیکن میں نہیں چاہتا کہ انسان بھی میری طرح حماقت کر بیٹھے۔"
"انسان ایسا کبھی نہیں کرے گا۔" نازش نے یقین کے ساتھ کہا اور اپنے پھولوں کو پیار بھری نظروں سے دیکھنے لگی۔ بھونرا پھر اڑ کر پھولوں کے آس پاس منڈلا رہا تھا۔ بھن۔ بھن۔

(۷) ہرن کے پیٹ میں مشک

آپ نے ہرن تو ضرور دیکھا ہو گا۔ جی ہاں، وہی دبلا پتلا، خوب صورت آنکھوں کا نور جو اس قدر تیز دوڑتا ہے کہ آندھی وطوفان بھی اس کی گرد کو نہیں پا سکتے۔ ہرن کا رنگ عموماً کتھی یا خاکی ہوتا ہے۔ آپ نے کالے رنگ کا ہرن غالبا کبھی نہ دیکھا ہو گا۔ در حقیقت کالے رنگ کا ہرن ہر دور میں پایا جاتا۔ یہ زیادہ تر شمالی ہندوستان میں ہمالیہ کے جنگلوں میں ہی پایا جاتا ہے۔

آپ سوچ رہے ہوں گے کہ ہرن کا رنگ کالا ہونا تو کوئی ایسی انوکھی بات نہیں ہے۔ جس طرح بہت سے دوسرے جانوروں، پرندوں اور خود انسانوں کا رنگ ہوتا ہے، اسی طرح اگر ہرن بھی کالے ہوں تو اس میں تعجب کی کیا بات ہے؟ دراصل بات یہ کہ اس ہرن کے پیٹ میں ایک ایسی چیز چھپی ہوتی ہے جس کی خوشبو ساری دنیا میں جواب نہیں۔ اس عجیب خوشبو کو مشک یا مشک نافہ کہتے ہیں۔ مشک کا عطر بنایا جاتا ہے، اس کے علاوہ دواؤں میں بھی اس کا استعمال کیا جاتا ہے۔ اب سوال یہ ہے کہ ہرن کا رنگ کالا کیوں اور اس کے پیٹ میں مشک کیوں ہوتا ہے؟ اس سلسلے میں ایک مزے دار کہانی سنو:

یہ ان دنوں کی بات ہے جب نہ تو ہرن کا رنگ کالا تھا اور نہ ہی اس کے پیٹ میں مشک تھا۔

کسی جگہ ایک بہت بڑے دریا کے کنارے ایک گنجان جنگل آباد تھا۔ اس جنگل میں ہر قسم کے جانور رہتے تھے۔ جنگل کا بادشاہ شیر تھا۔ رعایا بڑی خوش حال تھی۔ جنگل میں

کھانے پینے کی کسی چیز کی کمی نہ تھی۔ سارے جانور سکھ اور اطمینان کی زندگی گزار رہے تھے۔ جنگل کے نزدیک جو دریا تھا اس میں گھڑیال کی حکومت تھی۔ گھڑیال شیر کی طرح قابل حکمران نہ تھا بلکہ انتہائی ظالم، لالچی اور مغرور تھا۔

گھڑیال چاہتا تھا کہ اس کی حکومت دریا کے علاوہ جنگل پر بھی ہو جائے۔ حالانکہ ایسا ممکن نہ تھا، کیونکہ گھڑیال پانی کا جانور تھا، لیکن لالچی انسان ہو یا جانور ممکن اور ناممکن کو سوچتا ہی نہیں۔ اس کے علاوہ جنگل کے سارے جانور خوش تھے۔ جب کسی ملک کی رعایا مطمئن ہو تو دشمن کی نگاہ اس کی طرف نہیں اٹھ سکتی۔

ایک بار گھڑیال کو ایک ترکیب سوجھی۔ صبح ہی صبح ہر روز جانور دریا پر پانی پینے آیا کرتے تھے۔ بس گھڑیال کنارے کے قریب ہی پانی میں چھپ کر بیٹھ گیا۔ اتفاق سے وہاں سب سے پہلے گیدڑ پانی پینے آیا۔ گھڑیال نے جھٹ اس کی دم پکڑ لی۔ گیدڑ گھبرا گیا۔ گھڑیال نے کہا،

"بول تیرا راجہ کون ہے؟"

"میرا راجہ تو شیر ہے؟" گیدڑ بولا۔

گھڑیال نے غصے میں کہا، "اگر جان کی خیر چاہتا ہے تو مجھے اپنا راجہ کہہ۔"

گیدڑ حالانکہ گھبرا گیا تھا لیکن اس نے اپنے اوسان درست کرکے کہا، حضور میں ایک ادنیٰ جانور ہوں اور آپ ہیں دریا کے بادشاہ۔ آپ نے میری گندی دم پکڑ رکھی ہے۔ چھی چھی۔"

گھڑیال نے فوراً گیدڑ کی دم چھوڑ دی۔ گیدڑ چھلانگ مار کر دور بھاگا اور کہنے لگا، "نالائق، تجھ جیسے بھی کہیں راجہ بنا کرتے ہیں۔"

گھڑیال جل بھن کر رہ گیا اور گیدڑ بھاگم بھاگ شیر کے پاس پہنچا اور اسے سارا قصہ

کہہ سنایا۔

شیر اسی وقت دریا کے کنارے جا کر دہاڑنے لگا، "بزدل گھڑیال، میری؟ کو بہکا رہا ہے۔ اگر ہمت ہے تو باہر نکل کر مقابلہ۔"

گھڑیال قریب ہی پانی میں چھپا ہوا کچھ سن رہا تھا۔ چوں کہ بزدل تھا اس لئے اس کی بات کا جواب دینے کی ہمت نہ پڑی۔

شیر چلا گیا۔ گھڑیال سوچتا رہا کہ آخر کوئی ترکیب تو ایسی نکالی جائے کہ شیر کی حکومت کمزور پڑ جائے اور رعایا میں بے چینی پھیلے تا کہ میں آسانی سے جنگل کا راجہ بھی بن سکوں۔ اچانک ایک ترکیب اس کے ذہن میں آیا اور وہ مسکرانے لگا۔

شام کے وقت روز کی طرح اس دریا میں پانی پینے آیا۔ گھڑیال نے پانی سے باہر سر نکال کر کہا، "سلام مہاراج۔"

"میں راجہ نہیں ہوں۔" ہاتھی نے جواب دیا۔ "راجہ تو شیر ہے۔ میں اس کا رعایا ہوں۔"

"کیوں مذاق کرتے ہیں آپ مہاراج۔ گھڑیال نے کہا۔

"مذاق" ہاتھی نے حیران ہو کر کہا، "کون مذاق؟"

"آپ کہہ رہے ہیں کہ آپ جنگل کے رعایا نہیں ہیں۔ اجی، کیا یہ مذاق ہے؟" گھڑیال بولا۔

"میں سچ کہہ رہا ہوں کہ جنگل کا راجہ شیر ہے۔ میں نہیں ہوں۔" ہاتھی نے جواب دیا۔

"کمال ہے!" گھڑیال نے مکاری سے کہا، "جیسا لمبا چوڑا جسم، بارعب چہرہ، کیا آپ سے بھی زیادہ بڑا ہے؟"

"نہیں، شیر مجھ سے بڑا نہیں ہے" ہاتھی نے جواب دیا۔ "جنگل کا کوئی بھی جانور میرے جیسا نہیں ہے۔ مگر شیر چوں کہ انتہائی پھرتیلا اور ہوشیار ہے، اسی لئے وہ راجہ بنا دیا گیا ہے۔"

"اجی چھوڑ دیئے۔" گھڑیال نے قہقہہ لگا کر کہا، "بس رہنے بھی دیجئے ان بیکار باتوں کو۔ کیا آپ کچھ کم پھرتیلے اور ہوشیار ہیں؟ جب آپ سب سے بڑے ہیں تو آپ کو ہی راجہ بننا چاہئے۔ مجھے دیکھئے، دریا کا سب سے زیادہ بڑا جانور ہوں۔ اس لئے دریا کا راجہ میں ہی ہوں۔"

ہاتھی کچھ سوچنے لگا۔ گھڑیال نے جب دیکھا کہ اس کی چکنی چپڑی باتوں کا جادو ہاتھی پر چلنے لگا تو اس نے اور آگ لگائی۔ "بھلا شیر کہاں اور آپ کہاں۔ وہ آپ کی ٹانگوں کے برابر بھی تو نہیں ہے۔ آپ کو اسے راجہ کہتے ہوئے شرم نہیں آتی؟"

"مگر میں کروں کیا؟" ہاتھی نے کہا۔

"راجہ بن جایئے۔" گھڑیال نے جواب دیا۔

"راجہ بننا آسان تو نہیں" ہاتھی نے کہا، "جنگل کی ساری رعایا شیر سے بہت ہی زیادہ خوش ہے۔ پھر مجھے کون راجہ بنائے گا؟"

گھڑیال نے ذرا دیر سوچ کر کہا، "بس رعایا کو شیر سے ناراض کر دو۔ اس کی حکومت کمزور پڑ جائے گی۔ وہ جنگل چھوڑ کر بھاگ کھڑا ہو گا اور آپ کے لئے میدان صاف ہو جائے گا۔"

ہاتھی نے سوال کیا، "رعایا کو شیر سے کس طرح ناراض کروں؟"

"بہت آسان ہے۔" گھڑیال نے جواب دیا، "ہر روز دو چار جانوروں کو مار ڈالو۔ جانور شیر سے فریاد کریں گے، مگر تم اپنا کام کرتے رہنا اور سب میں دھیرے دھیرے یہ

مشہور کر دینا کہ شیر خود جانوروں کو مار رہے ہیں، سمجھے کچھ ؟"

"بالکل سمجھ گیا،" ہاتھی نے خوشی سے اچھل کر کہا، "کیا ترکیب بتائی ہے۔ مگر جب میں راجہ بن جاؤں گا تو آپ کو کیا دوں گا؟"

گھڑیال بولا، "صرف یہ کہ راجہ تو تم ہی رہو گے مگر جنگل میں سکہ میرا چلے گا اور ہاں کبھی کبھار کچھ جانور میرے لئے بھیج دیا کرنا بس۔"

"بس اتنی سی بات۔" بے وقوف ہاتھی نے کہا اور مکار گھڑیال کی باتوں میں آ کر اس دنیا میں اپنے ہی ہاتھوں آگ لگانے چلا۔

گھڑیال نے سوچ رکھا تھا کہ جب جنگل میں خوب گڑ بڑ مچ جائے گی تو وہ جنگل میں آگ لگا دے گا۔ جانور آگ سے گھبرا کر دریا کی طرف آئیں گے۔ اس وقت وہ بے بس ہوں گے۔ بس میں جو چاہوں گا ان سے منوا لوں گا۔

اسی دن سے جنگل میں دو ایک جانور ہر روز مرنے لگے۔ سارے جنگل میں کھلبلی مچ گئی۔ جانوروں نے شیر سے فریاد کی۔ شیر بھی فکر میں ڈوب گیا۔ اس جنگل میں شیر کی حکومت میں آج تک ایسا کبھی نہ ہوا تھا۔

شیر نے جانوروں سے کہا، "آپ اطمینان رکھیں، میں جلد پتہ لگا کر اس بدمعاش کو سخت سزا دوں گا جو جانوروں کا دشمن ہے۔

دن گزرتے گئے، مگر جانوروں کا مارا جانا بند نہ ہوا۔ ہاتھی چپکے چپکے جب بھی ملتا جانوروں کو مار ڈالتا اور سب سے ؟، دیتا۔

"ارے بے وقوفو! شیر خود ہی تو جانوروں کو مار ڈالتا ہے۔ ظالم خود راجہ بنا بیٹھا ہے اور ظلم ڈھا رہا ہے۔"

جانوروں کو ہاتھی کی اس بات پر یقین آنے لگا وہ سوچنے لگے۔

"ایسا ہرگز نہیں ہو سکتا کہ شیر کے ہوتے ہوئے کوئی دوسرا جنگل میں ایسی حرکت کرنے کی ہمت کرے۔ یہ ضرور شیر ہی کی بدمعاشی ہے۔ اس کو جنگل سے باہر نکال دینا چاہیئے۔ ورنہ یہ رفتہ رفتہ ہم سب کو ختم کر دے گا۔"

شیر کو ان تمام باتوں کی خبر نہ تھی۔ وہ اور ان دنوں بڑا پریشان تھا۔ ایک دن وہ ایک گپھا کے سامنے سر جھکائے ٹہل رہا تھا اسے شور و غل سنائی دیا۔ اس نے دیکھا۔ سارے جانور چلاتے ہوئے چلے آرہے ہیں۔

"کیا بات ہے؟" شیر نے ان سے دریافت کیا۔

"بدمعاش" جانور ایک ساتھ بولے، "بڑا بھولا بنتا ہے۔ اتنے بہت سے جانوروں کو بے قصور مار ڈالا۔ بھاگ جا یہاں سے ورنہ تیری بوٹیاں نوچ کر پھینک دیں گے۔"

"مگر میری بات تو سنو۔ مجھے بتاؤ تو کہ کیا ہوا ہے؟" شیر نے تعجب سے پوچھا مگر جانوروں نے جواب دینے کی بجائے اس پر حملہ کر دیا۔ شیر جان بچا کر بھاگا۔

جنگل میں بھاگ دوڑ مچی ہوئی تھی۔ رعایا غصے سے پاگل ہو رہی تھی۔ راجا جنگل چھوڑ کر بھاگ گیا تھا۔ گھڑیال نے سوچا موقع اچھا ہے اور بس اس نے جنگل میں آگ لگا دی۔

جنگل کی آگ چاروں طرف پھیل گئی۔ جانور سارے کے سارے گھر کر رہ گئے۔ آخر باہر نکل کر جائیں کس طرح؟ ہر طرف آگ ہی آگ تھی۔

ہاتھی سوچ رہا تھا، "یہ آگ کس نے لگائی ہے۔ اگر جنگل جل گیا تو میں راجہ کس طرح بنوں گا؟"

اتفاق سے جب گھڑیال آگ لگا رہا تھا تو وزیر اعظم ہرن، جو کہ دور دراز کے جنگلوں کا دورہ کر کے واپس آرہا تھا، کی نظر اس پر پڑ گئی۔

"گھڑیال جنگل کو آگ لگا رہا ہے!" ہرن تعجب سے بڑبڑایا۔ "ضرور جنگل میں کچھ

گڑبڑ ہے۔" اسی وقت اس نے شیر کو جنگل سے دور بے تحاشہ بھاگتے ہوئے دیکھا۔

"مہاراج، مہاراج" ہرن نے راجہ کو آواز دی۔ "ذرا ٹھہریئے، یہ سب کیا ہو رہا ہے؟"

شیر نے کہا، "وزیر اعظم بھاگو، جانوروں نے ہمارے خلاف بغاوت کر دی ہے۔"

"راجہ صاحب۔" ہرن نے کہا، "اس وقت جانوروں کو ہماری مدد کی ضرورت ہے۔ وہ آگ میں گھرے ہوئے ہیں۔ میں نے ابھی گھڑیال کو آگ لگاتے ہوئے دیکھا ہے۔"

"گھڑیال کو؟" شیر نے چونک کر کہا، "اچھا، تو یہ بات ہے۔ چلو وزیر اعظم جنگل میں۔"

ہرن اور شیر جلتے ہوئے جنگل میں کود پڑے۔ جنگل کے بیچ سارے جانور سہمے ہوئے کھڑے تھے۔ آگ ہر لمحہ ان کے قریب آتی جا رہی تھی اور ہاتھی رو رو کر سارے جانوروں کو اصل بات بتا رہا تھا۔ دراصل اسے اپنی نادانی پر افسوس ہو رہا تھا، کیوں کہ اب اسے خود بھی آگ سے بچنے کی کوئی امید نہ رہ گئی تھی۔

شیر کو دیکھ کر ہاتھ گڑ گڑانے لگا۔

"مجھے معاف کر دو مہاراج۔ سارا قصہ میرا ہے۔ مجھے گھڑیال نے بہکا دیا تھا۔"

اسی وقت ہرن نے کہا، "یہ رونے دھونے کا وقت نہیں ہے ہاتھی میاں۔ جلدی ڈیرا پر جاؤ اور اپنی سونڈ میں پانی لا کر آگ بجھاؤ۔"

ہاتھی فوراً دریا پر گیا۔ وہاں گھڑیال قہقہے لگا رہا تھا۔

"کہو ہاتھی میاں۔" اس نے کہا، "اب تو راجہ بن ہی گئے۔"

"چپ بے مردود۔" ہاتھی نے گرج کر کہا، "ورنہ ہڈیاں برابر کر دوں گا۔"

ہاتھی دریا میں سے پانی لے کر آگ بجھاتا رہا۔ آخر کار آگ بجھ گئی اور جانوروں نے

اطمینان کا سانس لیا۔ سب نے شیر سے معافی مانگی۔ سب سے زیادہ شرمندہ ہاتھی تھا۔ شیر نے ہاتھی سے کہا، "تمہارا قصور بہت بڑا ہے۔ مگر تم نے جنگل کی آگ بجھائی ہے، اس لئے ہم تمہیں معاف کرتے ہیں۔ یاد رکھو، اگر اپنے گھر میں خود ہی آگ لگاؤ گے تو خود بھی جل کر مر جاؤ گے۔"

اس کے بعد سب نے وزیر اعظم کو دیکھا جن کی کھال جل کر سیاہ پڑ چکی تھی۔ شیر نے کہا، "وزیر اعظم آپ مجھے واپس بلا کر لائے۔ آپ اپنی جان کی پروانہ کرتے ہوئے اپنے ساتھیوں کی خاطر آگ میں کود پڑے اور آپ کا رنگ جل کر کالا ہو گیا۔ اس کے علاوہ آپ نے آگ بجھانے کی ترکیب ہاتھی کو بتائی۔ ان تمام باتوں کے لئے میں اور جنگل کے تمام جانور آپ کے احسان مند ہیں۔ آپ نے جو یہ نیک کام کیا ہے، اس کے عوض آپ کا جسم ایک خوشبو سے بھر جائے گا جس کی وجہ سے دنیا والے آپ کو قدر کی نگاہ سے دیکھیں گے۔ میں حالانکہ راجہ ہوں مگر آپ کی نیکی کی بدولت آپ کو سلام کرتا ہوں۔"

اسی دن سے اس کالے رنگ کے ہرن کے پیٹ میں سے مشک نکلنے لگا جو کہ بڑی ہی قیمتی چیز سمجھی جاتی ہے۔

✳ ✳ ✳